中文大作戰
錯別字篇

商務印書館

中文大作戰——錯別字篇

主　　編：商務印書館編輯部

責任編輯：馮孟琦　洪子平

封面設計：楊愛文

出　　版：商務印書館 (香港) 有限公司
　　　　　香港筲箕灣耀興道 3 號東滙廣場 8 樓
　　　　　http://www.commercialpress.com.hk

發　　行：香港聯合書刊物流有限公司
　　　　　香港新界大埔汀麗路 36 號中華商務印刷大廈 3 字樓

印　　刷：中華商務彩色印刷有限公司
　　　　　香港新界大埔汀麗路 36 號中華商務印刷大廈 14 字樓

版　　次：2019 年 6 月第 1 版第 2 次印刷
　　　　　© 2015 商務印書館 (香港) 有限公司

　　　　　ISBN 978 962 07 0371 3
　　　　　Printed in Hong Kong

目錄

人物介紹

小宇

年齡：10 歲

身份：小學生

性格：活潑好動，勤奮好學

興趣：閱讀、運動

任務：接受考查認寫漢字
能力的挑戰，攻克各個
錯別字關卡！

部首錯別字

　　小宇和很多小學生一樣，經常會寫錯字。現在，他要開始了一場有關錯別字的闖關之旅！

　　在第 1 至 6 關，他碰上了一些樣子相像，但部首不一樣的字。比如，「暴光」還是「曝光」？「開闢」還是「開辟」？到底「再接再厲」還是「再接再勵」？小宇有點糊塗了，怎樣才能不寫錯它們呢？

　　在 1 至 6 關，小宇的任務是辨別那些因部首問題而出現的錯別字。請擦亮你的眼睛，與小宇一起攻克「部首錯別字關」！

過關斬將

下面的句子都有錯字，你能找出來並改正嗎？

1. 你整天在陽光下暴曬，不難受嗎？

2. 今天的足球賽事又曝出大冷門了。

3. 據說非洲暴發了一場大瘟疫。

4. 調查了這麼久，目標終於曝露了。

5. 你的脾氣太火暴了，我實在忍受不了。

6. 在考試中作蔽，就等於是欺騙了自己。

7. 那天的大雨太厲害了，簡直是遮天弊日。

8. 工人們千辛萬苦地開劈了一條上山的小路。

9. 網絡上的消息都是錯誤的，真相已被
    蒙弊了。

10. 如果我欺騙了你，就天打雷闢！

11. 光線很暗，我無法分辯這塊布的顏色。

12. 妹妹最喜歡媽媽幫她梳辦子。

13. 犯人一點都沒有為自己辨白。

14. 這次比賽在我們學校舉辨。

15. 他們倆為這個問題爭辨得面紅耳赤。

爆光

張生很喜歡攝影，但他不喜歡用數碼相機，只喜歡用老式的膠卷相機來拍照。

有一次，他跟好朋友一起到戶外拍攝日出。回來之後，他非常高興，對太太說：「這次拍攝的照片一定很美！你替我曬出來吧，現在我要去參加攝影之友的聚會。」

張太答應了。張伯把沖印照片的要求寫在紙條上，放在膠卷旁邊。

到了沖印店，張太把膠卷及紙條交給店員。店員看了一眼張伯寫的紙條，一臉無奈地說：「張太，我們這裏沒有『爆光』這項服務啊！」

張太聽到這話很奇怪，看了一眼紙條，不由得哈哈大笑起來。

你能猜到發生甚麼事嗎？

作斃

弟弟在外國讀書，媽媽要求他每個月用中文寫一封電郵，告訴家人自己的生活狀況。

快放暑假了，弟弟在電郵上寫道：「爸爸媽媽，對不起啊，我作斃了！這個假期不能回來探望你們，請原諒我。」

看到這封電郵，媽媽嚇壞了，馬上打長途電話給弟弟。弟弟收到電話後，覺得奇怪，便說：「我不是告訴你們今年不回家了嗎？我要準備補考。」

媽媽想一想，便知道問題出在哪，笑着說：「你呀，說自己『作斃』了，我們以為你出了意外，怎想到你這個大學生竟然寫錯『作弊』這個詞呢？」

一語道破

曝： 部首「日」，與光照，陽光有關，就是「曬」的意思。

暴： 形容強大，突然而來，又猛又急。「風暴」用了「暴」字，說明風勢很急很猛烈。

爆： 因為有「火」，所以東西就炸開了，發出巨大的響聲。「爆」字表示東西突然裂開，也表示事情突然發生。

1.暴→曝　2.曝→爆　3.暴→爆　4.曝→暴　5.暴→爆

蔽： 上面是「艹」，表示有東西遮掩。「蔽」就是指用東西遮蓋、擋住。

弊： 部首「廾」，表示雙手。本來是「故意把東西弄歪」的意思，現在用來指人為的錯誤，壞處。也指欺騙人的壞事。

劈： 字義與「刀」有關，表示破開，分割。

闢： 部首「門」，最初指開門，後來表示開啟，開拓的意思。

6.蔽→弊　7.弊→蔽　8.劈→闢　9.弊→蔽　10.闢→劈

辯： 中間是「言」字，和說話有關，指爭論事情的對錯或真假。

辨： 中間是「刂」，和刀有關，表示區分，分別，認清楚的意思。

辦： 中間是「力」，表示要用力做事，所以字義是處理事情。

辮： 中間是「糸」，表示與絲、線有關。「辮」是由頭髮束起梳成的髮型。

　11. 辯→辨　12. 辦→辮　13. 辨→辯　14. 辨→辦　15. 辨→辯

過關斬將

你能找出錯字並改正嗎？

1. 球隊贏了，隊員們興高彩烈地去吃飯慶祝。

2. 路邊的花兒是給大家觀賞的，我們不能
隨意采摘。

3. 姐姐還在生我的氣，一直對我不理採。

4. 她心情很好，整天都神彩飛揚。

5. 復活節前一天，我們利用各種采帶把課室
佈置起來。

6. 少林寺僧人的精彩演出，搏得大家熱烈的
掌聲。

7. 人類的脈膊一直在跳動，不會停下來。

8. 她熱愛自由，不願意受束搏。

9. 孩子伏在爸爸的肩縛上睡着了。

10. 他這樣簡直是自作自受，作繭自博。

11. 今天天色明郎，最宜郊外旅遊。

12. 我們吃自助餐要量力而為，千萬不要朗費
    食物。

13. 這個作家有真本事，不是郎得虛名。

14. 每個少女都希望找到深愛自己的如意朗君。

15. 我家對面是菜市場，我每天都會聽到那種
    爽浪的談笑聲。

姐姐不採我

弟弟寫了一篇日記，媽媽看後不由得大笑起來。日記是這樣寫的：

「今天天氣很好，花園裏的花都開了。有紅色的，有黃色的，很好看。但是有一個姐姐，她摘下了一朵最好看的花。她還對她的媽媽說：『媽媽，我把最好看的一朵摘下來了！』

我很不高興，便對她說：『姐姐，花園的花是大家的，你摘花，就變成睬花賊啦！』可是姐姐不採我，所以我很不喜歡她。」

媽媽笑着對弟弟說：「哈哈，『睬花』就是看花，怎麼算是賊呢？你又不是花，難怪姐姐不『採』你啦！

弟弟還不知道自己寫錯了字，問：「哪我該怎麼辦？」

媽媽笑着說：「你把兩個字換個位置看看吧！」

手無搏雞之力

從前，一個書生和一個農夫是鄰居。

農夫總是看不起書生，他覺得書生不懂農務，不能養活自己，所以常常嘲笑他。可是每次書生都不理他，照樣讀書寫字。

有一次，農夫從別人那裏學會了一句話：「手無縛雞之力」，他很得意。見到書生的時候，他又嘲笑起書生來：「讀書人有甚麼用？手無搏雞之力！」

這次書生終於忍不住了，笑了起來，說：「對啊，我不能與雞搏鬥，但是『縛』雞還是沒問題的！不讀書，就連字都會認錯啊！」

農夫聽了書生的話，知道自己弄錯了「縛」和「搏」字，這下子再也無話可說了。

一語道破

彩： 指多種顏色，也指稱讚誇獎時的歡呼聲。例如喝彩、精彩、多姿多彩。

采： 有發現、收集、選取的意思。也可表示精神。

採： 指用手摘取。

睬： 與眼睛有關，本義是注目，現在表示理會的意思。

1. 彩→采　2. 采→採　3. 採→睬　4. 彩→采　5. 采→彩

搏： 左邊是「扌」，字義與手的動作相關，表示對打，跳動的意思。「脈搏」是動脈的跳動，所以不能寫成「脈膊」。

博： 部首「十」，意思是多、廣，又指取得。

縛： 左邊是「糹」，與繩子有關，表示用繩子捆綁，約束。

膊： 左邊是「月（肉）」，意思是人手臂靠近肩的部分。

6. 搏→博　7. 膊→搏　8. 搏→縛　9. 縛→膊　10. 博→縛

朗： 指明亮，後來也用來指聲音響亮。

郎： 中國古代對青年男子的稱呼，也是姓氏之一。

浪： 部首「氵」，與水有關，指大的水波，比如「海浪」、「波浪」，也指沒有約束和節制。

11. 郎→朗　12. 朗→浪　13. 郎→浪　14. 朗→郎　15. 浪→朗

通關遊樂場

A. 很多錯字藏在我們日常生活的場景中，你能找出來嗎？

1.

2.

榮記大排當

3.

萬年日曆 $50

小國日曆 $10

1. 日 × 3 = ⬜

2. 朋 ÷ 2 = ⬜

3. 花 − 艸 = ⬜

4. 竹 + 干 = ⬜

5. 少 + 力 = ⬜

6. 努 − 力 = ⬜

7. 戶 + 肉 = ⬜

8. 耳 + 東 = ⬜

9. 爪 + 木 = ⬜

10. 玉 × 2 = ⬜

過關斬將

哪些字用錯了？請把它們改過來。

1. 這是新鮮出爐的蛋撻，請你品賞一下。

2. 這對大家來說末嚐不是一件好事。

3. 她很讚償工作人員熱情周到的服務態度。

4. 媽媽喜歡欣嘗古典音樂。

5. 我們應該勇敢地賞試應對各種挑戰。

6. 媽媽最喜歡用准山煲湯。

7. 爸爸打電話回來的時候，我已經准備上床睡覺了。

8. 今天的工作很多，經理不批準他請假。

9. 每間公司都有一套員工必須遵守的准則。

10. 中國的准河流經安徽、河南等五個省份。

11. 這所影院使用了環回立體聲音響系統。

12. 他在公園裏徘迴，卻根本不想回家。

13. 嘹亮的歌聲在山谷中徊響。

14. 經過種種磨難，唐僧終於把佛法帶迴祖國。

15. 這兩姐妹是雙胞胎，但她們的性格卻迴然
不同。

蘭花的味道

今天周老師告訴同學們週末準備舉行賞花會，請他們提前回家搜尋一下自己喜歡的花卉資料，然後上台為大家介紹。

東東被選為演講代表。他準備介紹蘭花，在圖書館和網絡找了很多資料。

賞花會到了，東東將自己精心準備的資料用電腦作演示。他覺得自己講得很好，卻發現很多同學在台下偷偷地笑。他覺得很奇怪，不知該怎樣做。

這時候，周老師笑着問東東：「你邀請大家一起『嘗花』，那麼你肯定品嚐過了，味道好嗎？」

東東這才恍然大悟，原來自己把「賞花」寫成了「嘗花」。

「准河」的水有點少

小明的父母開了一間海味店。這段時間父母很忙，小明便自告奮勇幫他們寫貨品招牌。

一天，老張經過海味店，想買一點淮山。他看到招牌後，故意地問：「小明，『准山』是新品種嗎？跟淮山有甚麼不同呢？」

小明聽到老張的話，知道自己把淮山寫成「准山」，連忙道歉。

老張笑着說：「不要緊！以後記住『淮山』的『淮』與淮河有關，淮河的水很多，當然要用『氵』而不是水有點少的『冫』啦！」

一語道破

賞： 下面是「貝」，本義與財物有關，表示把財物賜給別人，後來被用作表示獎勵、讚揚。

嚐： 部首「口」，是吃一點試試味道的意思。

嘗： 辨別滋味，也表示試探，曾經的意思。

償： 表示歸還，也指滿足的意思。

1. 賞→嚐　2. 嚐→嘗　3. 償→賞　4. 嘗→賞　5. 賞→嘗

淮： 「淮」字指安徽省內的淮河，「淮山」則是一種藥材，也叫「山藥」。

准： 表示允許的意思。

準： 本來指「平，不傾斜」的意思，後來被人們用來表示法則，正確，預備的意思。想想看，公正也就是不偏向任何一方，「準則」中的「準」真貼切！

6 准→淮　7. 淮→準　8. 準→淮　9. 淮→準　10. 准→淮

回：指走到原來的地方，掉轉，報答。

迴：表示曲折，環繞。

逈：指遠，差別大的意思。注意啦，「逈」比「迴」字少了一橫。

徊：與「徘」字連用，表達來回地走的意思。

11. 回→迴 12. 迴→徊 13. 徊→逈 14. 迴→回 15. 逈→迴

過關斬將

A. 你能把這些字互相搭配成正確的詞語嗎？

池 / 弛 / 馳

1. 奔 [　]　　　2. 鬆 [　]　　　3. 舞 [　]

4. 心 [　] 神往　5. 張 [　] 有道　6. 城 [　]

B. 這些詞語應該配上哪個字呢？

錯 / 措 / 借 / 惜

7. 採取 [　] 施　　　　8. 非常可 [　]

9. 有 [　] 有還　　　10. [　] 落有致

11. [　] 字如金　　　12. [　] 手不及

翻 / 番 / 播

13. 今年公司的收入 ⬚ 了一 ⬚ 。

14. 他在床上 ⬚ 來覆去，總是擔心明天的考試。

15. 這套電視劇很快就要 ⬚ 出了！

16. 為了找那份文件，他把全屋都 ⬚ 遍了。

17. 我最喜歡吃 ⬚ 茄了！

18. 春天到了，農民伯伯開始在田裏 ⬚ 種。

改錯名

有一天，小強在週記寫道：「在這家酒店前面停滿了漂亮的車，有奔弛，寶馬……」

爸爸看到了，對小強說：「小強，按照你的寫法，『奔馳』這家公司有大麻煩了。」

小強不明白，問：「為甚麼呢？」

爸爸說：「因為他們的車會越跑越慢呀。你看，奔『弛』嘛，『弛』就是放鬆的意思！放鬆了不就越來越慢嗎？」

小強還沒弄明白，便說：「這間公司改錯名了，沒人告訴他們嗎？」

媽媽聽到小強的話了，笑着說：「Benz 的中文名稱是『奔馳』，『馬』字旁的，『馳』是快速地跑的意思，怎會改錯名呢？」

小強這才明白過來，不好意思地說：「原來是我把人家的名稱改錯了！」

番領大衣

平安夜的前一天，小超跟爸媽一起逛商場。回家途中，爸爸說：「小超，把你喜歡的聖誕禮物寫在紙上，放進禮物袋裏，聖誕老人就會把禮物送給你！」

回家後，小超馬上把自己想要禮物寫在紙上，然後把紙放進袋裏。

聖誕節早上，小超一起床就去打開禮物袋。袋裏面果然有一件大衣，還有聖誕老人的留言！

聖誕老人說：「親愛的小超，這是一件『翻領大衣』。請原諒我沒法找到『番領』大衣。我相信，即使衣領不是外國做的，你的爸爸收到這件大衣，也一定非常高興！祝你聖誕快樂！」

小超對聖誕老人的留言，感到莫名其妙。

原來，小超是這樣寫的：「我要一件番領大衣，我會把它送給爸爸！」你知道這句話有甚麼問題嗎？

一語道破

池： 部首「氵」，指水塘。

弛： 放鬆了弓弦，箭就射不出去了，「弛」的本義是鬆開、鬆懈，所以「鬆弛」的「弛」一定要用「弓」字旁。

馳： 用力趕馬才能跑得快，所以「奔馳」的「馳」字要用「馬」字旁。

1. 馳　2. 弛　3. 池　4. 馳　5. 弛　6. 池

措： 部首「扌」，本來表示「用手把物件放回原來的位置」，現在表示處置，安排，實行的意思。

錯： 表示相互交叉，也表示過失，不正確，壞、差等意思。

借： 與人相關，表示暫時依靠別人的錢或者物，或者暫時將自己的錢或者物給別人用。

惜： 與心情有關，表示感到遺憾，或者因為物件珍貴而非常重視。

7. 措　8. 惜　9. 借　10. 錯　11. 惜　12. 措

翻：表示反轉、改變、翻譯等意思。

番：是量詞，指次、遍等意思。

播：指傳揚，或者把種子放到土裏面的意思。

13. 翻／番　14. 翻　15. 播　16. 翻　17. 番　18. 播

通關遊樂場

A. 很多錯字藏在我們日常生活的場景中，你能找出來嗎？

1.

2.

3.

過關斬將

句子中哪些字用錯了？把它們改過來吧！

1. 小弟弟把襪子穿返了。

2. 媽媽得知妹妹生病了，就馬上請假反回家中。

3. 上課時，我非常留心老師在黑版上寫的筆記。

4. 爸爸買好了從香港到北京的往反機票。

5. 這塊木版很厚實，木工師傅把它做成一扇門。

6. 爺爺寫了一幅對聯，大家都說寫得好。

7. 媽媽是一位名符其實的優秀教師，學生們
   都非常尊敬她。

8. 這些產品不付合標準，要重新再做一批。

9. 在這裏，我們可以先吃完早餐，再符餐費。

10. 中國副員廣闊，物產豐富。

11. 你這樣做，有點螳臂當車啊！

12. 聽說這裏是高擋場所，只有會員才可享用
    其中的設施。

13. 一個好領袖，應該一馬擋先，帶大家走出
    困境。

14. 這份文件屬於機密擋案，你不能隨便查閱。

15. 這責任太重了，我真的擔擋不起。

大軍反京

　　從前，一個讀書不多的將軍帶兵到遠方打仗。戰爭結束後，將軍寫信給皇帝，說軍隊正在返回京都了。

　　皇帝看到信件之後，哭笑不得，說了一句「要作反了？」，就派人把將軍捉回來。

　　將軍跪在皇帝面前，大聲呼叫，說自己沒有作反。皇帝把信扔給他，說：「你自己看吧！」

　　這時候，將軍看到信上寫着「大軍反京」，才明白自己把「返」寫成「反」。一字之差，「返回」就變成「作反」了。

　　將軍承認自己犯了錯，請皇帝原諒他。皇帝為了讓他記住這次教訓，就罰他終生不能進入京都。

　　從此，這個將軍再也不用「返回」京都了。

京都：指國家的首都

故事留聲機

名符其實

　　有一次，學校舉辦「我最敬愛的老師」徵文比賽。作文一向很好的小琳也參加了，她的主角是大家都很喜歡的張老師。不過，她最後只獲得第二名，因此很不開心。

　　張老師知道了這件事，就在下課後找小琳聊天。

　　小琳說：「張老師，我認為那篇作文寫得很好，為甚麼只獲得第二名呢？」

　　張老師說：「因為你寫錯字呀。你用了『名符其實』這個詞，事實上，應該是『名副其實』，因為最初『副』字表示符合相稱的意思，但『符』字卻沒有這層意思。要知道，這些四字詞語，都是從中國古代就固定了的呢！」

　　小琳終於明白過來：「張老師，您解釋得真清楚，果然是名副其實的好老師！」

一語道破

返： 指回歸，也指回到原來的地方或狀態。

反： 「反」本是翻轉的意思，後來用作表示與原來不同、對抗、回還等意思。

版： 左邊是「片」，本來指築牆用的夾板，後來用來指供印刷用的版面等。

板： 木板，也用來表示其他板狀物體，節奏等意思。

1. 返→反　2. 反→返　3. 版→板　4. 反→返　5. 版→板

幅： 部首「巾」，本來指布匹的寬度。作量詞用時，就和一整面的物品相配，例如布，畫等。

副： 部首「刀」，本來指將物品一分為二，所以有相稱、符合的意思。另外也有輔助的意思，例如副隊長、副經理。

符： 本來指信物，後來指相合的意思。

付： 交、給的意思。

6. 幅→副　7. 符→副　8. 付→符　9. 符→付　10. 副→幅

檔： 指存放文件的帶格架子。古時這種架子是木做的，所以部首是「木」。

當： 表示對稱，相配的意思，也指擔任，向着，阻擋、把守的意思。

擋： 部首是「手」，表示阻攔的意思。

　11. 當→擋　12. 擋→檔　13. 擋→當　14. 擋→檔　15. 擋→當

第6關

有哪些字用錯了呢？請把它們改過來吧！

1. 雜物放在人行道上會防礙大家走路。

2. 弟弟最喜歡模訪爸爸說話時的神態。

3. 天氣乾燥，我們要注意提妨火種。

4. 記者採仿了這位普通的老奶奶。

5. 「你有甚麼話，但說無防！」

6. 我不希望再重覆解釋這個問題了。

7. 地球上的氣候情況越來越復雜了。

8. 經過搶修，供電系統終於恢複運作了。

9. 這個花瓶紋路繁復，非常精美。

10. 白雪把地面完全復蓋住了。

11. 小明這個月每晚都吃消夜，結果體重增加了
    五公斤。

12. 據說「干將」是古代一把銷鐵如泥的名劍。

13. 這些傢伙作案後不久，就消聲匿跡了。

14. 我們兩個人的恩怨，從今天起一筆勾消。

15. 聽過志強的解釋後，小雲終於銷除了心中的
    疑慮。

注意放火

快到年末了，大廈管理員陳伯貼出一張告示，提醒大家注意防盜與家居安全。

過了兩天，陳伯發現很多住客看到告示的時候都在掩嘴偷笑。

他很納悶，最後還是李先生告訴他箇中緣由：「你看，告示上寫着『注意放火』，你怎會鼓勵住客放火呢？大家都應該猜到管理處要提醒大家『注意防火』吧！」

陳伯拍了拍自己額頭，抱歉地笑着說：「真是大意啊！讓大家看笑話了。我馬上拿去改過來。」

李先生說：「給公眾看的告示，真的要小心別寫錯字呢，弄出笑話還是其次，給大家帶來錯誤信息可會引發嚴重後果的呀！」

復印機

公司新買了一台複印機，小儀貼上一張告示：「復印請用環保紙」。

但不少同事發現每次只能印一張紙，大家都非常奇怪，小儀為此大為苦惱。

半夜，打印機終於可以開口問旁邊的複印機：「複印機不是可以一次複印多張紙嗎？你哪裏出故障了？」

複印機理所當然地說：「跟我沒關係呀！小儀說的是『復印』，就是再印一次啊，我自然會遵守這個命令啦！」

打印機聽後，也表示同意複印機的做法。

第二天，有同事發現小儀把「複印」寫成「復印」，連忙提醒她改過來。終於，複印機可以正常運作了！

一語道破

放： 本義指驅逐，趕出去，現在指擴展，如「放大」，也可指發出，如「發放」，還常常指「擱」這個動作。

防： 最初指防水的堤壩，後來表示防備的意思。

妨： 傷害，阻礙的意思。

訪： 「言」字旁，與說話有關，表示查問、探望的意思。

仿： 「亻」字旁，與人相關，表示相似、照樣做的意思。

　　　防→妨　2.訪→仿　3.妨→防　4.仿→訪　5.防→妨

覆： 表示翻過來，回答，傾倒、蓋住的意思。當表達「回答」這個意思時，「覆」和「復」是相通的。如「答覆、回覆」也可寫作「答復、回復」。

復： 指回來、還原、回答、再次的意思。

複： 指許多的，不是單一的。

　　　6.覆→復　7.復→複　8.複→復　9.復→複　10.復→覆

宵：意思是夜，「夜宵」是指夜晚吃的食物。

消：部首「氵」，本來是指冰雪融化，後來被用作表示除去，散失，溶化的意思。

削：部首「刂」，與「刀」有關，表示用刀刮去物體的表層，也表示減少的意思。

銷：部首「金」，表示融化金屬的意思，也表示賣出，消費。

11. 消→宵　12. 銷→削　13. 消→銷　14. 消→銷　15. 銷→消

通關遊樂場

A. 很多錯字藏在我們日常生活的場景中，你能找出來嗎？

1.

2.

3.

B. 這幾朵花的花心中都藏着一個部首，能跟其他花瓣組成新的字。把它們填上去，花兒就能盛開啦！

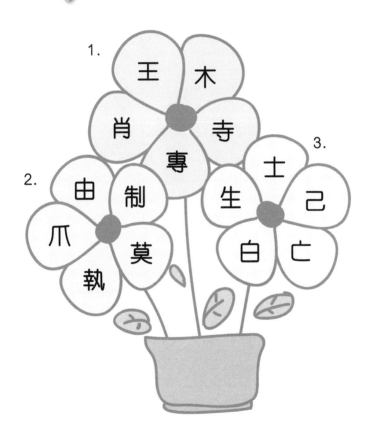

1.
王 木
肖 寺
專

2.
由 制
爪 莫
執

3.
士
生 己
白 亡

形近錯別字

　　來到 7 至 11 關，小宇碰上的錯別字前面的不一樣了：它們的樣子很像，但卻很容易少寫一點，多寫一橫，是一些筆劃很容易弄錯的字呀！

　　當你和小宇一樣，看到「兔」和「免」、「鳥」和「烏」、「茶」和「荼」，會不會也非常苦惱？怎樣才能準確使用這些字，不會寫錯呢？

　　這一次，你和小宇一起，怎樣克服這些難關？

過關斬將

以下句子中，有些正確，有些藏有錯字。請你在正確的句子加上 √ 號，把錯字改正過來！

1. 哥哥很喜歡看《未來戰士》這套電影。

2. 每到月末，他就變成一個窮光蛋了。

3. 爺爺很喜歡上茶樓喝茶。

4. 信的末尾應該簽上寫信人的名字。

5. 皇帝驚慌地大喊：「來人，有刺客！」

6. X 光片顯示，他的肺部受傷了。

7. 她很崇拜美國職業藍球比賽的球星。

8. 「你鬼鬼崇崇的想幹甚麼？」

9. 這個小小的村落隱藏在一片崇山峻嶺中。

10. 這部小說諷刺了社會上不公平的現象。

11. 修車的師傅早就把車停在車房中了。

12. 政府正在研究撤銷對這種商品的限制。

13. 這個美麗的神話故事一直流傳至今。

14. 爺爺把米粒撒到地上，讓小雞來吃。

15. 看到對方要打架，他撒腿就跑。

末日戰士

老師在課堂上要求同學們用「喜歡」來造一個句子。

美美寫:「哥哥最喜歡看《未來戰士》這套電影。」

家強一看,就嘻嘻笑着對她說:「未來還沒來,末日就先到了!」

美美聽不懂,問:「你說的是甚麼意思啊?這跟『末日』有甚麼關係?」

家強哈哈地笑起來,說:「你把『未』寫成了『末』,未來和末日的意思可是完全相反的呀!」

美美明白過來,連忙向家強道謝,把錯字改正過來。

撤兵與撒兵

從前，有一位將軍，他非常善於打仗。

有一次，將軍派了一名軍官帶着一千人去執行任務。

出發之前，將軍給了軍官一個錦囊，讓他在危險的時候拿出來看，裏面有教他脫險的方法。在敵軍的陣地中，他們果然遇到埋伏。危急時，軍官把錦囊打開，只見裏面有張紙條，寫着：「撤」。可是，這個軍官在匆忙中，竟然把這個字看錯了，他以為這是「撒」字。於是，他讓士兵分散地潛入敵人的陣地。最後，只剩下他一人活着回到自己的軍隊中。

將軍非常生氣。軍官這時才知道，原來錦囊中的是「撤」字。可是已經不能挽回敗局了。

這個軍官因為看錯了字，打敗了仗，只能接受處分，再也不能上戰場了。

一語道破

茶： 茶樹，它的嫩葉加工過之後就是茶葉。

荼： 一種苦菜，所以有受苦，傷害的意思。

末： 指最後、尖端的部分，或者不重要的部分。注意下面的一橫比上面一橫要長。

未： 表示不，沒有的意思，在古時候也指午後 1 點到 3 點這段時間。

1.末→末　2.未→末　3.荼→茶　4.√

刺： 違背常理的意思。

刺： 用尖的東西戳入或穿透，注意左邊不是「束」字。

肺： 人體呼吸系統的器官之一，注意左邊不是「巿」，而是一豎。

祟： 舊時指鬼神帶給人的災禍，後來指不正當的行動。

崇： 高、尊重的意思。

5.刺→刺　6.肺→肺　7.祟→崇

8.崇→祟　9.√　10.刺→刺

傳：遞給，推廣散佈等意思。

傅：指輔助教導，或教導人的人。也是一個姓氏。注意右上角是「甫」字。

撒：放開，或者表示展現出來的意思。字的中間是「（散字的左邊）」。

撤：退後的意思。字的中間是「育」。

11. 傳→傅 12. 撒→撤 13. 傅→傳 14. 撤→撒 15. √

過關斬將

以下詞語和句子中，有些正確，有些藏有錯字。
請你在正確的句子加上 √ 號，把錯字改正過來！

1. 小明分亳不差地把小美的樣貌畫出來。

2. 你要做一個精明的顧客，不要肓目地追捧
   名牌呀！

3. 他問我去不去日本旅遊，我亳不猶豫地
   答應了。

4. 不要盲人摸象了，這樣是解決不了問題的。

5. 包公是古代一位明察秋亳的官員，判案很
   準確。

6. 有人給姐姐寄來一個奇怪的包裹。

7. 他倆結婚了，請為我送上哀心的祝福！

8. 一聽這句話，就知道你是言不由衷的了。

9. 一個人若果表裏不一，人們是不會信任
   他的。

10. 清香的荷葉裹住綿軟的糯米和肉餡，就成了我最
    愛吃的粽子。

11. 各樣素菜中，妹妹最愛吃的是茹類植物。

12. 這棟樓很殘舊，連電線都裸露出來了。

13. 姑姑已經菇素近二十年了。

14. 這句說話是赤裸裸的威脅啊！

15. 在南方，春雨過後，蘑菇也長出來了。

你的包裹

　　姐姐上班的時候，弟弟收到一個包裹。包裹是寄給姐姐的，於是，弟弟把包裹放在姐姐的櫃子裏，並在桌面留下字條：「你的包裹」。

　　姐姐回家後，看到字條，想來想去也想不明白：「甚麼東西在我的包裹呢？」

　　等弟弟回到家，姐姐就問：「到底甚麼東西在我的包裹，我找不到啊！」

　　弟弟看到自己寫的字條，才知道寫錯字了，很不好意思地從櫃子拿出包裹交給姐姐。姐姐打開一看，原來是一些申請出國用的文件。

　　姐姐說：「好在時間還來得及，如果錯過了去領事館的時間，一定唯你是問啦！」

潮流褲

阿強有辦法從工廠拿到一些做工好、款式新的褲子。他想開了一家賣褲的小店，並把小店名為「潮流庫」。

他把想法告訴小芬，她給了阿強一個建議：「還是用『褲』字比較好，能夠突出這店專門賣褲的特色。」

阿強覺得這個想法很好，就把店名改為「潮流褲」。可是，做招牌的工人竟然把褲寫成了「裤」。

小店開張那天，小芬來到店裏，看到「潮流裤」這個招牌寫錯字了，急忙告訴阿強。阿強很慌張，不知該怎麼辦。小芬想了一想，就給阿強再來一個建議：「你用紅油補回一點，再把原來的一點用紅油塗上。這兩點還要特別加粗，就當作我們提醒客人：『褲』的部首是『衤』吧。」

阿強覺得這個想法可行，就按照小芬的說法把招牌改了。

意想不到的是，這個改動效果出奇地好。這個招牌不但成為了街坊的話題，還為小店帶來了不少客人呢！

一語道破

亳： 用於地名，「亳州」。下面是「毛」少了一橫。

毫： 本義是細而尖的毛，比喻極細的東西和數量極少。下面是「毛」字。

肓： 古代將心臟中的某一個部位稱為「肓」，注意下面是「月」字。

盲： 眼睛看不見。注意下面是「目」。

  1. 亳→毫 2. 肓→盲 3. 毫→亳 4. 盲→肓 5. 毫→亳

裹： 包紮，纏繞。中間是「果」。例如「包裹」、「裹住」。

裏： 內部，內層。中間是「里」。例如「空氣裏」、「裏面」。

哀： 悲痛，悼念。注意中間是「口」。

衷： 指內心。記住字中間是「中」。

  6. 裏→裹 7. 哀→衷 8. ✓ 9. 裹→裏 10. 裏→裹

茹： 指吃，以及忍的意思。注意下面是「如」。這個字常常用在人名中。「長期茹素」，就是長期吃素食的意思。

菇： 一種菌類植物，外形像傘。注意下面是「姑」。菇類可是很多小朋友非常喜愛的食物呢！

裸： 指光着身子，沒有東西包着。注意左邊是「衤」，不是「礻」。

11. 茹→菇 12. 裸→裸 13. 菇→茹 14. 裸→裸 15. √

通關遊樂場

A. 很多錯字藏在我們日常生活的場景中，你能找出來嗎？

1.

2.

3.

4.

B. 在這片錯字迷霧森林中，只有找到所有正確的詞語，才能走出去。一起加油吧！

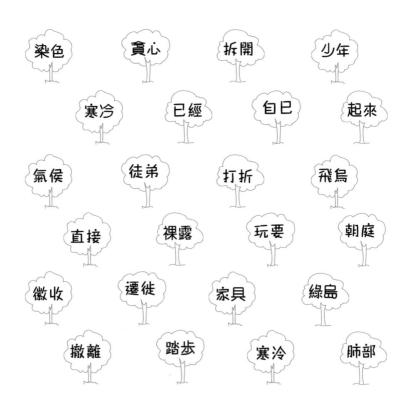

染色　貪心　拆開　少年

寒冷　已經　自巳　起來

氣侯　徒弟　打折　飛烏

直接　裸露　玩耍　朝庭

徵收　遷徙　家具　綠島

撤離　踏步　寒冷　肺部

C. 試試看，在「木」字上加一筆，可以組合成哪
　 5 個字。

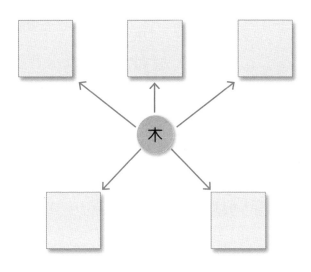

過關斬將

A. 以下詞語和句子中，有些正確，有些藏有錯字。
請你在正確的句子加上 √ 號，把錯字改正過來！

1. 弟弟喜歡和他的小伙伴們一起玩要。

2. 每天早上，朝延上的官員都忙着向皇帝報告
   各種各樣的國家大事。

3. 為了應付考試，老師廷長了上課的時間。

4. 李先生的要求十分嚴格，大家都不敢出錯。

5. 阿根延是南美洲的一個國家，足球運動十分
   發達。

6. 據說客家人在一千多年前從北方遷徒到廣東、
   福建一帶生活。

7. 雖然小明是理髮店的學徙，但剪髮技術很好，
   很受顧客歡迎。 ⬜

8. 請記住，我們在十時正準時出發，逾時
   不侯。 ⬜

9. 這款手機的眾多功能都是徙有其表，一點也
   不實用。 ⬜

10. 封候拜相是古代每一個讀書人的夢想。 ⬜

B. 這些字該怎樣搭配，才能組成正確的詞語？

徽 / 微 / 徵

11. ⬜ 風　　　　12. ⬜ 收

13. ⬜ 章　　　　14. 安 ⬜ 省

15. ⬜ 波爐　　　16. 毫無 ⬜ 兆

針灸服務

家輝的爺爺開了一家中醫診所，除了診症，還提供針灸服務。

在一次作文中，家輝寫到爺爺為病人做針灸治療的情形。可是，他把「針灸」寫成了「針炙」。爺爺看到了這篇作文，摸摸家輝的頭說：「家輝啊，原來你發明了新的中醫治療方法呀？」

家輝很奇怪，說：「爺爺，我哪有這個本事呀，不要取笑我了！」

爺爺笑着說：「你看，針炙不就是要把針拿去烤熱嗎？你打算怎麼用這支燒紅了的針呢？」

家輝一拍腦袋說：「哎呀！我把『炙』字寫錯了！」

爺爺說：「記住，『灸』上面是『久』，讀音也跟『久』接近啊！這樣你就不會寫錯了！」

故事留聲機

怎麼辦

有一天，家華在小測中寫錯了一個字：把「修」寫成「修」。

晚上，他跟往常一樣，看完一段《三國演義》後睡着了。夢中，他看到一個人來到他面前，惱怒地說：「你隨隨便便就改了我的名字，以後誰還認得我是有才華的楊修呢？」

家華覺得很委屈，低聲說：「我下次寫對不就行了嗎？」

楊修說：「你看！因為你寫錯了我的名字，現在曹操大人不認識我了，負責修理的工匠們不幹活了，連讀書人也沒有了修養，變得粗魯了！你說這該怎麼辦！」

家華聽完嚇壞了，正急得團團轉的時候時，「鈴鈴鈴」，床頭的鬧鐘把他叫醒了。他好像還聽到楊修在嚷着「怎麼辦」，家華不禁對自己說：「寫錯字的後果這麼嚴重，以後要小心一點，不能再錯了！」

一語道破

要： 常用於表示希望得到，或應該、必須的意思。注意上面是「覀」。

耍： 玩，戲弄的意思。注意上面是「而」。

延： 令事物變長，推遲的意思。注意上面是「㢟」，不要寫成「正」字！

廷： 古時候皇帝處理政務的地方，相當於今天政府辦公的地方。注意上面是「壬」。

1. 要→耍　2. 延→廷　3. 廷→延　4. 耍→要　5. 延→廷

徒： 指跟師傅學習的人。注意右上角是「土」字，與「徒」字讀音相近。

徙： 遷移，從一個地方到另一個地方。注意右上角是「止」。

從： 由，跟隨等意思。注意右上角是「从」。

侯： 中國古代的一種爵位，也是一個姓氏。注意在「亻」旁邊是沒有一豎的。

候： 等待，時間，問好等意思，例如「隨時候命」。

6. 徒→徙　7. 徙→徒　8. 侯→候　9. 徙→徒　10. 候→侯

微： 細小，少的意思。注意中間是「山一几」，可不要寫漏筆劃或寫錯部件。

徵： 由國家召集或收來用，也表示尋求，跡象等意思。中間是「山一王」。

徽： 指標誌。中國有一個「安徽省」，也有一個城市叫「徽州」，著名的旅遊勝地黃山，就在徽州。

11. 微　12. 徵　13. 徽　14. 徽　15. 微　16. 徵

第10關

> 以下詞語和句子中，有些正確，有些藏有錯字。請你在正確的句子加上 ✓ 號，把錯字改正過來！

1. 姐姐早巳經把功課做好了。

2. 我不但自己能夠洗衣服，還能幫媽媽做家務呢！

3. 他還記得罪犯的相貌。

4. 媽媽切開了西瓜。

5. 我們要做個有禮貌的孩子。

6. 他急切地追問醫生兒子的病情。

7. 看完這個感人的劇集，我不能自己，流下眼淚。

8. 張先生是大忙人，做事總是匆匆忙忙，
   停不下來。

9. 你家養的小兔子太可愛了！

10. 我們要往前走，不要原地踏步。

11. 兩棵樹的高度接近，要量度後才能分出
    高低。

12. 公園的草地上，都豎立了「請勿踐踏草地」
    的牌子。

13. 你既然已經將功補過，相信定能免除責罰。

14. 童子軍在樹林裏徒步旅行。

15. 俗語說：「人往高處，水往低流。」

巳回留飯

從前有個書生，他自以為能讀書識字就很了不起，常常取笑別人。

有一天，他外出辦事剛回到家裏，一個財主又請他去寫信了。於是，他留下字條給外出買餸的妻子，告訴她給自己留好飯菜。

等他為財主寫好信，天已經黑了。他回到家裏，卻發現沒人。

這時候，鄰居告訴他，他的妻子回娘家去了。他很生氣，趕到妻子的家，氣憤地問：「我辛辛苦苦去賺錢，你為甚麼連晚飯都不做就回娘家了？！」

妻子拿出書生的字條，很委屈地說：「你不是說明天早上才回來，讓我做好午飯嗎？我可不想晚上自己一個人待在家裏啊！」

秀才聽到妻子的話，接過字條，才發現上面寫着：「巳回，留飯。」原本他想說自己已經回家，只是外出一會。沒想到把「巳」寫成了「巳」，變成了巳時才回家，難怪妻子誤會了！

沒尾巴的兔子

妹妹很愛玩捏彩泥的遊戲。

一天，一家人吃完晚飯，又開始玩起捏彩泥來。妹妹寫好了抽籤用的紙條，心急地叫大家趕快抽出要捏的物品。

爸爸一看紙條，笑了。

過了半小時，大家都完成了作品。妹妹當起裁判，高興地檢查大家的作品：「媽媽捏的是大象，胖胖的真可愛！姐姐捏的是綠色的小書包，不過我更喜歡紅色的。爸爸捏的是小白兔……，慢着，這小白兔怎麼沒有尾巴啊？」

這時候，爸爸略帶委屈地說：「我抽到的紙條上面寫着『小白兔』，這不就代表小白兔沒有尾巴嗎？」

媽媽和姐姐都笑了起來，妹妹不好意思地說：「我以後一定不會再漏一點啦！」

一語道破

巳： 時辰的名稱，一個時辰是兩小時。「巳時」在中國古代是指上午 9 時到 11 時。

己： 表示自己。

已： 表示停止，已經。與「己」的差別只在「乚」部件突出來。

貌： 面容，外表形象。注意右邊不是「兒」，是「皃」。

切： 多用來表示用刀割開，割斷這個動作。注意左邊不是「土」。

1. 巳→已 2. 巳→己 3. 皃→貌 4. 切→切

5. ✓ 6. 切→切 7. 己→已

勿：不要。

匆：急忙。與「勿」字形相比多了一點。

免：除去，避開的意思。也表示不可，不要的意思。例如「免職」、「閒人免進」。

兔：是一種長耳朵的哺乳動物。

步：指走路，也指走路時兩腳間的距離。

低：位置、程度在下面的。

8. 勿→勿　9. 免→兔　10. 步→步　11. 低→低
12. 匆→匆　13. 兔→兔　14. √　15. 低→低

第11關

過關斬將

以下詞語和句子中，有些正確，有些藏有錯字。請你在正確的句子加上 √ 號，把錯字改正過來！

1. 他們幾兄弟為了爭奪父親的遺產，竟然鬧上法庭。

2. 經過三個多月的努力，他們終於贏得比賽的冠軍。

3. 你的身體太羸弱了，要多吃點補品啊！

4. 與其無所事事，不如找些消遣吧！

5. 聽說這個比賽的冠軍，可贏取價值萬元的獎品。

6. 還沒到晚上就烏黑一片，看來快下大雨了。

7. 據說禽流感是通過烏類的糞便傳播的。

8. 在中國古代，烏鴉是一種代表不祥的鳥類。

9. 張小姐很惋轉地說出了自己面對的困難。

10. 對於小芬的遭遇，我們都感到十分婉惜。

11. 在很多山區，人們的生活仍然十分貪苦。

12. 人的貪念如果不加以控制，是永無止境的。

13. 這些都是打拆商品，價值十分便宜。

14. 我們要處理好垃圾，不要污染環境。

15. 聖誕節還沒有過去，小芬就急不及待地折開
    禮物了。

皇官與大宮

今年爺爺生日，哥哥小東負責編一個故事，配上妹妹小西的畫給他當生日禮物。

小東左思右想，終於編好一個故事交給小西，就打着呵欠去睡覺了。

第二天，兩兄妹把畫送給爺爺。爺爺看了好一會，便問：「小西，你畫中的皇冠和大房子，代表甚麼意思呀？」

小西摸了摸頭，說：「哥哥的故事寫了『皇官』和『大宮』，我看不明白，猜他指的是『皇冠』和『大房子』，便畫出來！」

小東「啊」了一聲，說：「我寫的是『皇宮』和『大官』呀！」

這時候，兩兄妹都知道自己寫錯字和畫錯畫了。爺爺笑着說：「謝謝你們的禮物！爺爺有個生日願望，希望小東以後要細心，認真記住字的筆劃；希望小西遇到問題先弄清楚，不要隨便應付過去，你們能答應嗎？」

小東和小西都很慚愧，齊聲回答說：「好的，爺爺！」

九個紅點

從前，有一個商人讀書不多，卻喜歡出謎題。

有一次，他要把一件白衣染成紅色。他正想在字條上寫下要求的時候，突然心裏一動，用紅色顏料寫了一個染字，就派人把衣服和字條送去染坊。

染坊主人收到物品後，看到那個紅色的「染」字，心裏想：「這個字代表甚麼意思呢？」

幾天之後，商人收到染坊送回來的衣服和字條。他打開衣服一看，衣服還是白色的，中間位置卻多出了九個大小不一的圓點。再打開字條，看到他手寫的「染」字旁邊加了一句話：「『九』加一點，代表衣服染上九個紅點，請檢收。」

這時候，商人知道自己把「染」寫錯，引起了誤會。他不好意思承認自己寫錯字，只好硬着頭皮收下衣服，還額外多付了工錢，作為染坊主人猜中謎題的獎勵。

一語道破

遣：指派，送，打發等意思，也指排解，發洩，例如「消遣」。

遺：丟失，漏掉；也指去世的人留下的東西。注意右面是「貴」，不要與「遣」字混淆。

羸：瘦弱的意思。注意下面的中間是「羊」字。

贏：獲得勝利。注意下面的中間是「貝」字。

1. 遺→遣 2. 羸→贏 3. √ 4. 遣→遺 5. √

烏：指烏鴉，也表示黑色。

鳥：飛禽的總稱。

惋：歎惜，傷感的意思。

婉：和順，也指說話很含蓄，例如「婉轉」。

6. √ 7. 烏→鳥 8. 鳥→烏 9. 惋→婉 10. 婉→惋

貧： 窮，收入少的意思。注意上面是「分」。

貪： 貪字頭上是「今」，下面的「貝」表示財物。「貪」就是不知足，不擇手段地求取財物的意思。

折： 指彎曲，弄斷，減少，返回等的意思。例如「折返」、「曲折」等。

拆： 表示分開，分散，毀掉的意思。

染： 給物品上色。古時染色要反覆進行，所以就用九字表示次數多。

11. 貪→貧 12. 貧→貪 13. 拆→折 14. 染→染 15. 折→拆

通關遊樂場

A. 很多錯字藏在我們日常生活的場景中，
   你能找出來嗎？

1.

2.

3.

4.

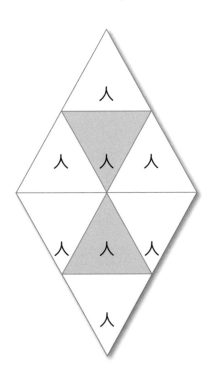

C. 下面的紙條中暗藏了漢字王國寶藏的秘密。只要你把詞語中的錯字改正過來，再利用改正之後的部件組合出新字，就能知道存放寶藏的地點了！

籃色

垂下

岩石

寶藏的地點：

音近錯別字

經過了前兩次的磨煉，小宇現在充滿信心了！

在 12 至 16 關中，小宇要挑戰的都是一些讀音相似，意思卻完全不同，甚至連字形也不相似的字。如果我們光憑讀音來記憶這些字的使用方法，很容易就會寫錯。

試想一下，是「吉祥」還是「吉詳」？「日上三桿」寫得對嗎？「合併」和「合拼」，哪個才正確？「搬師回朝」對嗎？

如果你也和小宇一樣，想弄清楚這些音近而字形、字義完全不同的字到底該怎樣用，就和他一起繼續闖關吧！

加油！

過關斬將

以下的詞語，有些正確，有些藏有錯字。請你在正確的詞語加上 ✓ 號，把錯字改正過來！

1. 日上三桿　[　]

2. 旗竿　[　]

3. 干活　[　]

4. 筆竿　[　]

5. 新幹線　[　]

6. 欄竿　[　]

7. 釣魚竿　[　]

8. 撐桿跳高　[　]

9. 班馬　[　]

10. 斑門弄斧　[　]

11. 搬師回朝　[　]

12. 按部就班　[　]

13. 上斑時間　[　]

14. 劣跡班班　[　]

15. 班弄是非　[　]

電髮與髮電

這晚，哥哥檢查弟弟的作業時，發現他將「發電」寫成「髮電」。他就對弟弟說：「應該是出『發』的『發』啊！」

弟弟不服氣，說：「你看樓下那家髮型屋，不是寫着『電髮』嗎？我只是把這個詞反過來用嘛！」

哥哥笑了，說：「按你這麼說，難道我們每天用的電都是由頭髮製造出來的嗎？」

這下弟弟可回答不出來了。

哥哥說：「『發』有產生的意思，所以說『發電』、『發芽』。只有與頭髮有關係的詞語，才能用『髮』，比如『理髮』、『洗髮水』等。這下你可心服口服了吧！」

弟弟點點頭：「好吧，你說得有道理，我服了！」

伏伺媽媽

小張的媽媽病了，他向陳經理請假一週，去照顧媽媽。

陳經理看到請假信後，把小張叫到面前，故意問道：「看上去你的家庭很特殊啊，為甚麼你媽媽生病了，你卻要請假回去『伏伺』？難道你的媽媽是個危險人物？」

小張被問得摸不着頭腦。

陳經理說：「『伏伺』不就是埋伏等候的意思嗎？」

小張漲紅了臉，連忙解釋其實他是想說「照顧」的意思。

張經理說：「那應該寫作『服侍』。年輕人可要把字認清楚呀，如果因為寫錯字，讓別人誤會你的心意，可就冤枉了！」

桿： 指細長的像棍子的東西，常常指某東西的其中一部分。

竿： 就是竹竿，「竿子」都是用竹子做的。

杆： 指立在地上作支撐用的東西。

干： 冒犯的意思，例如「干擾」。也指涉及，例如「互不相干」。

幹： 指做事，工作。也表示事物的重要部分，例如「樹幹」。

1. 桿→竿　2. 竿→杆　3. 干→幹　4. 竿→桿
5. ✓　6. 竿→杆　7. ✓　8. 桿→杆

班： 指因工作或學習的需要而編成的組織；在古代，也有調動軍隊的意思。

斑： 指雜色的點或花紋，例如「色彩斑斕」。也指有斑點或花紋的，例如「斑馬」。

搬： 指移動物體的位置，遷移，例如「搬家」。也指挑撥，例如「搬弄是非」。

9. 班→斑　10. 斑→班　11. 搬→班　12. 斑→班
13. 斑→班　14. 班→斑　15. 班→搬

第13關

過關斬將

以下句子中，有些正確，有些藏有錯字。請你在正確的句子加上 ✓ 號，把錯字改正過來！

1. 今天中午，這家公司張貼了暫停營業的布告。

2. 華叔的故事，說起來真有一匹佈那麼長。

3. 我們做好了各項步署，迎接這一次巨大的挑戰。

4. 初賽結束不久，評判就宣布了進入決賽的隊伍名單。

5. 這個大堂佈置得十分華麗。

6. 這家餐廳的分店分部在全港各區。

7. 早上集會時，老師要求我們兩個併排站在一起。

8. 小明喜歡動腦筋，最喜歡玩併圖遊戲。

9. 放心吧，我們一起並肩作戰，一定能取得勝利。

10. 要學好普通話，一定要懂得漢語併音。

11. 這幅人象畫畫得真的很逼真啊！

12. 這個老人家安詳地離開了。

13. 會議上，張先生祥細地說明了整個計劃的內容。

14.「日」和「馬」都是象形文字。

15. 你今天好象心事重重啊！

按步就班

小華說：「氣死我了！這幾道選擇題錯得莫名其妙，一定是答案有問題吧！這個『按步就班』怎麼會是錯字呢！？」

爺爺說：「讓我看看……哦，的確是錯了，應該是『部門』的『部』。」

小華說：「啊！怎麼不是『步驟』的『步』呢？這個四字詞語，不就表示『按照一定的步驟去做事』嘛！」

爺爺說：「其實，這個成語的意思是『按照一定的條理，遵照一定的程序去辦事』。『部』代表『門類』，『班』代表『次序』。步和部同音，用『步』代替『部』好像也說得通，難怪你會弄錯。不過，這個詞語是有出處的，來自大文學家陸機的一篇文章，所以不能隨意改動呀。」

拼合與拼搏

在新年晚會上，漢字們都在開開心心地唱歌跳舞。

只有「拼」字悶悶不樂地坐在一旁。「搏」字看見了，問：「你為甚麼不去跳舞呢？」

「拼」字說：「我很想和『合』字一起跳舞，可是她不願意啊。她希望跟『併』一起，『合併』後可以變得更加完美。如果跟我『拼合』一起，不一定合適。」

「搏」字說：「她說得也有道理呀！『拼合』起來的東西，都是不夠完美的。」

「拼」字說：「唉，那誰能和我一起跳舞呢？」

「搏」字笑了，說：「我可以呀！我和你一起『拼搏』，全力表現，一定會跳出好成績！」

聽到這句話，「拼」字也笑了，他們一起高興地跳起舞來。

一語道破

布： 指紡織品。

佈： 指對外發表，讓公眾知道；也表示分散，安排等意思，例如「佈局」。

步： 行走的意思，現在多指走路時兩腳之間的距離。

部： 有分開，管轄，類別等意思。

1. 布→佈　2. 佈→布　3. 步→部　4. 布→佈　5. √　6. 部→佈

並： 挨着，平排着的意思。

併： 指兩個人或物品合在一起。

拼： 連起來，也指不顧一切地奮鬥。

7. 併→並　8. 併→拼　9. √　10. 併→拼

象： 大象。也指形狀、樣子，或模仿的意思，例如「象形」。

像： 比照人物做成的圖形，也有相似的意思。

祥： 吉利。記住部首是「礻」，只有一點。

詳： 細密，完備，也指清楚地知道的意思。

11. 象→像　12. 詳→祥　13. 祥→詳　14. √　15. 象→像

通關遊樂場

A. 很多錯字藏在我們日常生活的場景中，你能找出來嗎？

1.

2.

3.

4.

1. 有德必報因有心 □□

2. 木目相對由心起 □□

3. 旁邊有肉強有力 □□

4. 旁邊有人可依靠 □□

5. 沒有一點主見 □□

6. 四面八方都是二 □□

過關斬將

以下句子中,有些正確,有些藏有錯字。請你在正確的句子加上 √ 號,把錯字改正過來!

1. 他們為元旦的舞會做了詳細的計畫。

2. 這次大減價的貨品品質非常好,還這麼便宜,實在太劃算了!

3. 妹妹最愛同我一起去公園划船。

4. 細心的姐姐做事總是面面具到,讓人非常放心。

5. 皇帝策封他為大將軍。

6. 大家紛紛為如何改變屋村居住環境出謀劃冊。

7. 天有不策之風雲，他的父母在旅行時突然
   遇到車禍去世了。

8. 騎手們策馬揚鞭，爭先恐後地奔向終點。

9. 這本書一次就印了五萬策。

10. 他推遲了同事們晚飯的邀請。

11. 這個活動的時間推辭了。

12. 今天老師教了大家「比喻」這種修詞手法。

13. 哥哥到學校向老師詞行。

14. 我遲別了父母和朋友，登上了飛往英國的
    飛機。

15. 老人家總是行動辭緩的。

鞭冊

　　從前，有一個年輕人，他跟從一位要求很嚴格的老師學習。但是，他比較愛玩，經常犯一些粗心大意的錯誤。

　　老師對他很不滿意，常常批評他，對他的要求比其他同學更高。

　　後來，這個年輕人和同學一起參加考試，出人意料地取得好成績，還當了官。

　　年輕人寫信給老師，感謝他的教導。不久，他收到老師的回信：「是『鞭冊』還是『鞭策』？老師愛書，為甚麼會鞭打書簡呢？你也愛書，為甚麼看着書簡受罰呢？你當官了，做任何事情都要更加認真小心才行呀！」

　　年輕人非常慚愧，從此就把「鞭冊」兩字掛在書房的牆上，提醒自己不要再粗心大意了。

鞭策：原指用鞭子控制馬匹向前走，比喻督促，教導的意思。

推辭與推遲

　　從前有一個讀書人，很想當官。他參加了多次考試，但都沒考上。

　　一天，朋友介紹他到一位富商的家裏當教書先生。他知道這個富商跟很多大官是朋友，所以馬上答應。

　　可是，當讀書人準備出門的時候，母親突然病倒了，他只好留下來，並寫一封信給富翁，打算待母親好了再去拜訪。

　　過了兩天，讀書人來到富商家裏，被攔在門外。富翁的管家說：「你不是不願意來我們家教書嗎？我們已經另請別人了！」

　　他急了，連忙追問原因。管家把信還給他，奇怪地問：「你不是自己『推辭』了嗎？」

　　這時候，讀書人一句話也說不出來。因為，他在信上的確寫了「推辭」二字，而不是「推遲」！

推辭：不接受邀請的意思。
推遲：把預定的時間往後移。

一語道破

畫： 描繪，繪圖。用作名詞時，指圖像，也指漢字裏的一筆。

劃： 打算，安排，或指區分，分開等意思。

划： 撥水前進，也表示合算。

俱： 全，都。這個字與「具」讀音相同，但意思完全不一樣，可不要用錯啦！

具： 本意指準備飯食或酒席，現在多數表示器物，或表示「有」、詳盡等意思，例如「具體」。

1. 畫→劃 2. 劃→划 3. √ 4. 具→俱

策： 本義是竹子做的馬鞭，後來被用於表示用鞭子打，也有計謀等意思。

冊： 古代的書是寫在竹子上的，編起來就叫做「冊」。現在就指書籍或本子。

測： 指度量，考查，檢驗，例如「小測」、「測算」、「推測」等。也表示猜想、預料的意思。

5. 策→冊 6. 冊→策 7. 策→測 8. √ 9. 策→冊

遲：緩慢，晚，例如「遲早」，「遲鈍」等。這也是一個姓氏。

辭：指言詞，文詞。現在多用於表示告別，不接受，解僱的意思，例如「辭職」。

詞：指語句，言語。也指古代的一種押韻的文體，比如「唐詩宋詞」中「宋詞」。

10. 遲→辭　11. 辭→遲　12. 詞→辭　13. 詞→辭

14. 遲→辭　15. 辭→遲

第15關

過關斬將

以下句子中，有些正確，有些藏有錯字。請你在正確的句子加上 √ 號，把錯字改正過來！

1. 糖在水裏融化了。

2. 火山爆發時會噴出大量融岩。

3. 堅持鍛練，才能有好的身體。

4. 科學家用先進的技術從植物中提煉出最有用的精華。

5. 來自各地的人們生活在一起，漸漸溶合成一個新的民族。

6. 每年我們都聚在爺爺家過除夕，全家人樂也融融。

7. 只有不斷煉習，你的跑步成績才會提高。

8. 鹽會熔化在水中。

9. 時間不知不覺地流走了。

10. 這個地方水土留失得很嚴重。

11. 哥哥最喜歡遊泳。

12. 姐姐很喜歡看旅游雜誌。

13. 夏天，我和同學最愛去留冰場玩耍。

14. 我和妹妹在迪士尼樂園中留連忘返，
    捨不得離開。

15. 我們不應該在馬路中間逗留，否則就會
    阻礙交通。

溶化金屬

化學實驗課上，老師臨時要接一個重要的電話，他把要求寫在黑板上——「請溶化桌面上的金屬」，然後就出去了。

接完電話，老師回到教室，看到大家的桌面上都用一個水瓶裝着那塊金屬。同學們圍着水瓶，小聲地討論着。

老師很生氣，問：「大家為甚麼不按我的要求去做？把金屬放在普通水瓶裏，難道它自己會溶掉嗎？」

一個同學小心地說：「是啊，我們也很奇怪，為甚麼老師會提出這樣一個要求呢？所以我們在觀察它是不是真的能溶掉。」

老師氣極了，可他一轉頭看見自己寫在黑板上的「溶化」二字，馬上知道問題出在哪兒了。他要寫的是「熔化」，要用火來加熱啊！

他連忙向學生道歉，大家也終於開始了正式的實驗。

殺車

在一次作文中，小明講述了他目睹一次交通事故後的感受。

一星期後，老師在課堂上提及了上一次的作文。他稱讚班裏一位同學抒寫自己對交通事故的感受時，用詞十分傳神，讓人好像親身來到現場一樣。

聽到老師這樣說，小明非常得意，輕聲對旁邊的小薇說：「這是我寫的呢，等作文發回來，我給你看，嘿嘿！」

他剛說完這句話，就聽到老師接着說：「我想，這位同學一定非常痛恨這部製造事故的車了。因為他多次提到『殺車』，應該是太生氣了，連車子都要殺掉呢！」

同學們聽了都哈哈大笑起來，小薇也掩着嘴對小明：「想不到你那麼有正義感啊！不用『剎』，要用『殺』才解氣！」

小明羞得用書遮住自己的臉，哀歎道：「用錯字真的太沒面子了！」

我們無怨無仇，你為甚麼要殺我？！

一語道破

融： 冰、雪等化成水，也表示幾種不同的事物合成一體，流通等意思。

溶： 在水或其他液體中化開。

熔： 固體受熱到一定溫度變成液體。這個字與「溶」讀音一樣，在使用時，只要留意部首，「溶」與液體相關，「熔」有受熱的過程，就不會用錯字了。

練： 反復學習和實踐，也指經驗多、純熟。

煉： 用火燒製，用心琢磨使文字更好。

1. √ 2. 融→熔 3. 練→煉 4. √ 5. 溶→融

6. √ 7. 煉→練 8. 熔→溶

流： 液體移動，也指像水那樣運動。

溜： 偷偷地走開，也指滑行，光滑的意思。

留： 停在一個地方不離開，也指保存，收下的意思。

遊： 玩，相互交往，也指不固定的，經常移動的。記住在繁體字中，「遊覽」可不能寫成「游覽」呀！

游： 在水中活動，也指經常流動的意思。

9. 流→溜 10. 留→流 11. 遊→游 12. 游→遊

13. 留→溜 14. 留→流 15. √

過關斬將

以下句子中，有些正確，有些藏有錯字。請你在正確的句子加上 ✓ 號，把錯字改正過來！

1. 志強喜愛棋類運動，尤其善長下圍棋。

2. 政府規定每幢大廈必需留出一條消防通道。

3. 媽媽已經為我準備好了生活的必需品。

4. 在訓練營裏，未經批准，不能善自離開。

5. 這項工作需要在今晚完成。

6. 餘下的時間不多，請你毋必準時回來。

7. 這次手術很成功，你母需擔心。

8. 這個職位太重要了，寧缺無濫。

9. 他失去工作後經常四處遊蕩，毋事生非。

10. 不用灰心，未來總會有無限的希望。

11. 經過重新編緝修訂，這些經典的故事被收錄到課本當中。

12. 警察很快就把這個犯人緝拿歸案。

13. 海關緝私隊查獲了一大批走私物品。

14. 在爺爺的書架上，存放着很多書畫捲軸。

15. 隔了大半年，流感病毒再次卷土重來。

故事留聲機

別字先生

有一位任教美術科的張老師，上課時經常寫錯別字，學生們暗地裏都叫他「別字先生」。

明天就是期末考試了，張老師在下課鐘聲音響起後，在黑板上寫上「請帶齊考試必須品！」，就匆忙地離開了。

下一節課的陳老師走進課室，看到了黑板上的字。他以為是班長寫的，就叫班長站起來，說：「我之前多次提醒你們，用品不能跟『必須』搭配在一起，為甚麼還會犯這種錯誤呢？」

這時候，張老師走進課室，想取回剛才遺下的課本。聽到了陳老師的話，臉都紅了，連忙承認錯誤：「真不好意思，下次我一定會注意的！」

寧缺母濫

　　從前，有一個人很喜歡買書。碰到他沒見過的書，不論內容怎樣，也不論他是否喜歡看，都會買回來放在家裏，用來表現自己很有學問。

　　可是，他買書花去太多錢了，他的太太忍無可忍，警告他如果再亂買書，她就會離開。這個人連忙認錯，還寫了一幅字條掛在牆上，告誡自己一定要「寧缺母濫」。

　　可是，壞習慣不是說改就改的。過不了多久，他就跟從前一樣胡亂買書了。有一天，他的岳父來到他家，看見牆上的字條，就嘲笑他說：「看，你竟然提醒自己『寧缺母濫』，看來你根本不怎麼讀書，一點學問都沒有。我的女兒跟你一起生活，怎會得到幸福呢？」說完這句話，就氣沖沖地帶着女兒離開了。

　　這個人得到岳父提醒，才明白自己把「母」字寫錯了。他感到十分慚愧，只能眼睜睜地看着妻子離去。

岳父：妻子的父親。

一語道破

善： 指友好，處理好，能做好，熟悉等意思，例如「友善」、「面善」、「善後」等。

擅： 做某種事情很在行，也指超越權限自作主張。

須： 一定要，應當。

需： 必要，必要的東西。「須」與「需」讀音一樣，但若要與物品搭配，就一定要用「需」了。

1. 善→擅 2. 需→須 3. ✓ 4. 善→擅 5. 需→須

無： 沒有，不。

毋： 不要，別。當表示「不，別」這個意思時，「無」和「毋」是可以通用的。注意不要寫成「母」。

務： 事情，從事的意思；也指必須、一定，例如「務必」。

6. 毋→務 7. 母→毋 8. 無→毋 9. 毋→無 10. ✓

緝： 部首是「糹」，本來指一針針地縫。現在常用來表示捉拿，例如「通緝犯」。

輯： 搜集材料，加以整理，也指整套書的一部分，歌星出的歌曲合集也稱為「專輯」。

卷： 書籍，字畫，也指全書的某一部分，和印有試題的紙，即「試卷」。

捲： 把東西收攏成圓筒形，也指裹成圓筒形的東西。

11. 緝→輯　12. 輯→緝　13. √　14. 捲→卷　15. 卷→捲

通關遊樂場

A. 很多錯字藏在我們日常生活的場景中，你能找出來嗎？

1.

2.

3.

115

B. 在下面的字中，選出恰當的字，令詞語的頭尾相連，漢字神龍就能在天上飛翔了！

匯	漫	遣	當	擅	常	器	是
詳	氣	遺	祥	慢	事	會	善

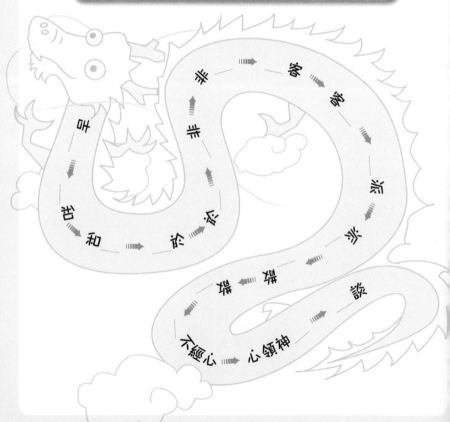

C. 試試看，在「日」字上加一筆，可以組合成哪 7 個字？

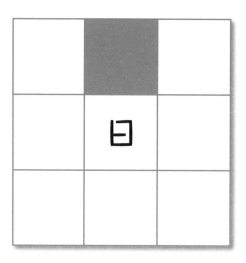

第 2 關

A. 1.妨→防 2.當→檔 3.歷→曆

B. 1.晶 2.月 3.化 4.竿 5.劣 6.奴 7.肩 8.陳
9.采 10.珏

第 4 關

A. 1.馳 → 弛 2.弊 → 幣 3.迴 → 迴

B. 返 → 逃 → 過 → 迪 → 遇 → 遠 → 逮 → 逐

第 6 關

A. 1.復 → 複 2.准 → 準 3.蠟 → 臘

B. 1.人（俏、全、休、侍、傳）

2.手（抓、抽、掣、摸 / 摹、摯）

3.心（性、志、忌、忙 / 忘、怕）

第 8 關

A. 1.隆 → 隆 進 → 進 2.亳 → 毫 3.膏 → 膏

4.間 → 閒 人（第二個人）→ 入

B. 拆開 → 已經 → 徒弟 → 打折 → 直接 → 遷徙 → 撤離

C. 禾，本，末，末，札

第 11 關

A. 1. 侯 → 候　2. 修 → 修　3. 值 → 值　4. 貳 → 貳

B. 天、夫、火、介、太、全、犬、欠、木、以

C. 華山

第 13 關

A. 1. 幹 → 桿　2. 班 → 斑　3. 發 → 髮
　　4. 座 → 坐　游 → 郵　游 → 遊

B. 1. 恩　2. 想　3. 膀　4. 傍　5. 現　6. 回

第 16 關

A. 1. 帶 → 戴　型 → 形　2. 後 → 候　3. 裝 → 妝

B. 吉祥 → 祥和 → 和善 → 善於 → 於是 → 是非 →
　　非常 → 常客 → 客氣 → 氣派 → 派遣 → 遣散 →
　　散漫 → 漫不經心 → 心領神會 → 會談

C. 田，目，白，甲，由，申，旦

附錄：小學生常見錯別字

錯	正	錯	正
湯	湯	暇	暇
疚	疾	迅	迅
恭	恭	參	參
屈	屈	缺	缺
廣	廣	嫂	嫂
孤	孤	禮	禮
執	執	假	假
臭	臭	歲	歲
琴	琴	寫	寫
仰	仰	罵	罵
姬	姬	壺	壺
貳	貳	局	局
壹	壹	冰	冰
底	底	展	展
戎	戒	傑	傑
冠	冠	辜	辜
無	無	牽	牽
直	直	吉兇	吉凶
具	具	朝幕	朝暮
律	律	憂劣	優劣
留	留	始未	始末
跋	跋	晝夜	晝夜
武	武	褒貶	褒貶
范	范	勝旨	聖旨
蹈	蹈	奴材	奴才

120

錯	正	錯	正
官低	官邸	惡夢	噩夢
官私	官司	遺撼	遺憾
親蜜	親密	荒張	慌張
親威	親戚	無耐	無奈
王帝	皇帝	佛象	佛像
岐途	歧途	八掛	八卦
忙綠	忙碌	施舍	施捨
容洽	融洽	胡蘆	葫蘆
聚舊	敘舊	電氣	電器
進身	晉身	衣杉	衣衫
歉虛	謙虛	亨調	烹調
慷概	慷慨	氣車	汽車
毫氣	豪氣	高梁	高粱
呵刻	苛刻	栗米	粟米
氣慨	氣概	廚窗	櫥窗
遵敬	尊敬	燙門	燙斗
人慈	仁慈	竹席	竹蓆
儉撲	儉樸	黃蓮	黃連
凶狠	兇狠	鍾錶	鐘錶
狡滑	狡猾	螢幕	熒幕
怪僻	怪癖	蒸龍	蒸籠
崛強	倔強	帳蓬	帳篷
耽心	擔心	元霄	元宵
恐俱	恐懼	喜貼	喜帖
恐佈	恐怖	祁福	祈福
煩燥	煩躁	谷雨	穀雨
報怨	抱怨	喧傳	宣傳

錯	正	錯	正
催毀	摧毀	對負	對付
催速	催促	臨模	臨摹
冶理	治理	佩備	配備
煉習	練習	待從	侍從
連繫	聯繫	構買	購買
乘座	乘坐	脅調	協調
座落	坐落	收獲	收穫
縐眉	皺眉	拜托	拜託
發瀉	發洩	簿酒	薄酒
映印	影印	冒味	冒昧
會報	匯報	剪映	剪影
撒驕	撒嬌	手飾	首飾
拼揍	拼湊	雷嗚	雷鳴
演譯	演繹	星晨	星辰
免勵	勉勵	綠陰	綠蔭
抵銷	抵消	彩紅	彩虹
救擠	救濟	政跡	政績
爛用	濫用	大亨	大亨
刻服	克服	公裏	公里
參予	參與	護土	護士
暑名	署名	廣洲	廣州
近化	進化	梁山	梁山
掛勾	掛鈎	弋壁	戈壁
峻工	竣工	奧門	澳門
寄拖	寄託	原素	元素
訓養	馴養	去逝	去世
歐打	毆打	老板	老闆

錯	正	錯	正
志嚮	志向	百折不繞	百折不撓
車箱	車廂	弄巧反苗	弄巧反拙
末落	沒落	左鄰右李	左鄰右里
定率	定律	見人見智	見仁見智
英磅	英鎊	忑忑不安	忐忑不安
狹谷	峽谷	外松內緊	外鬆內緊
海棉	海綿	怨天由人	怨天尤人
尤如	猶如	拾金不味	拾金不昧
緲茫	渺茫	有持無恐	有恃無恐
璀燦	璀璨	心不在言	心不在焉
樞鈕	樞紐	一股作氣	一鼓作氣
影嚮	影響		
丑惡	醜惡		
泌出	沁出		
豆鼓	豆豉		
勤撿	勤儉		
慢長	漫長		
不醒人事	不省人事		
不加思索	不假思索		
破斧沉舟	破釜沉舟		
雷霆萬軍	雷霆萬鈞		
馨竹難書	罄竹難書		
斌斌有禮	彬彬有禮		
原形必露	原形畢露		
勤勤肯肯	勤勤懇懇		
如法泡製	如法炮製		
自相茅盾	自相矛盾		

商務印書館(香港)有限公司
THE COMMERCIAL PRESS (H.K.) LTD.

階梯 閱讀 空間

階梯式分級照顧閱讀差異

◆ 平台文章總數超過3,500多篇,提倡廣泛閱讀。

◆ 按照學生的語文能力,分成十三個閱讀級別,提供符合學生程度的閱讀內容。

◆ 平台設有升降制度,學生按閱讀成績及進度,而自動調整級別。

結合閱讀與聆聽

◆ 每篇文章均設有普通話朗讀功能,另設獨立聆聽練習,訓練學生聆聽能力。

◆ 設有多種輔助功能,包括《商務新詞典》字詞釋義,方便學生學習。

鼓勵學習・突出成就

◆ 設置獎章及成就值獎勵,增加學生成就感,鼓勵學生活躍地使用閱讀平台,培養閱讀習慣,提升學習興趣。

如要試用,可進入: http://cread.cp-edu.com/freetrial/

查詢電話:2976-6628

查詢電郵:marketing@commercialpress.com.hk

「階梯閱讀空間」個人版於商務印書館各大門市有售

榮獲「最佳數碼共融獎」
HONG KONG
ICT AWARDS
2011 香港資訊及
通訊科技獎